os y familiares de l...

...rie Lector de Scholas... ...años de experiencia que tenemos trabajando ...es de familia y niños para crear este programa, que está diseñado para que corresponda con los intereses y las destrezas de su hijo o hija. Los libros de Lector de Scholastic están diseñados para apoyar el esfuerzo que su hijo o hija hace para aprender a leer.

NIVEL PRE 1 — LECTOR PRIMERIZO · 30-100 PALABRAS
- Lector Primerizo
- Preescolar a Kindergarten
- El alfabeto
- Primeras palabras

NIVEL 1 — LECTOR PRINCIPIANTE · 50-250 PALABRAS
- Lector Principiante
- Preescolar a 1
- Palabras conocidas
- Palabras para pronunciar
- Oraciones sencillas

NIVEL 2 — LECTOR EN DESARROLLO · 250-750 PALABRAS
- Lector en Desarrollo
- Grados 1 a 2
- Vocabulario nuevo
- Oraciones más largas

NIVEL 3 — LECTOR ADELANTADO · 750-1500 PALABRAS
- Lector Adelantado
- Lectura de entretención
- Lectura de aprendizaje

Si visita www.scholastic.com, encontrará ideas sobre cómo compartir libros con su pequeño. ¡Espero que disfrute ayudando a su hijo o hija a aprender a leer y a amar la lectura!

¡Feliz lectura!

—**Francie Alexander**
Directora Académica
Scholastic Inc.

This book is being published simultaneously in English as *Clifford Makes the Team*

Translated by Karina Geada

Copyright © 2011 by Norman Bridwell.
Translation copyright © 2011 by Scholastic Inc.
The author would like to thank Frank Rocco and Grace Maccarone for their contributions to this book.

ISBN 978-0-545-27353-4

12 11 10 9 8 7 6 5 4 3 2 1   11 12 13 14 15 16/0

Printed in the U.S.A.
First edition, January 2011

Clifford
juega béisbol

Norman Bridwell

SCHOLASTIC INC.
New York   Toronto   London   Auckland
Sydney   Mexico City   New Delhi   Hong Kong

Es un día soleado
y Clifford quiere jugar.

Clifford ve a un niño
con un bate.

Clifford ve a una niña.

Ella también tiene un bate.

Clifford los sigue
hasta el parque.

Los niños juegan béisbol.

Se están divirtiendo.
Clifford también quiere jugar.

Clifford busca un bate.
Ve un árbol.

¿Podrá usarlo de bate?

No. El árbol tiene ramas.

Clifford lo vuelve
a poner en su sitio.

Clifford ve un poste.
¿Podrá usarlo de bate?

No. El poste tiene cables.

Clifford lo vuelve a poner en su sitio.

Clifford ve un tubo.
¿Podrá usarlo de bate?

No. Los trabajadores no quieren
que Clifford tome el tubo.

Clifford lo vuelve a poner en su sitio.

Clifford regresa al
terreno de juego.

Está triste. Está llorando.
Los niños y las niñas se están
mojando con sus lágrimas.

Un niño dice:

—Creo que Clifford quiere jugar.

Todos los niños quieren que
Clifford juegue.
Inventan un nuevo juego.
Lo llaman "El béisbol de Clifford".

Los niños y las niñas lanzan y batean.
Clifford cubre primera, segunda y
tercera bases y el campo corto.

Clifford también cubre el jardín izquierdo, el central y el derecho.

¡Todos ganan con Clifford!